저 혼자 머무는 풍경

지은이 ┃ 김다연
펴낸이 ┃ 김명수
펴낸곳 ┃ 도서출판 시아(詩芽)
발행일 ┃ 2019년 6월 27일
출판등록 ┃ 2018년 3월 30일

주소 ┃ 대전광역시 동구 대전로839번길 18
전화 ┃ (042) 254-9966, 226-9966
팩스 ┃ (042) 255-5006
E-mail ┃ daegyo9966@hanmail.net

값 10,000원

ISBN 979-11-963971-7-3

* 저자와의 협의에 의해 인지를 생략합니다.
* 잘못된 책은 바꿔드립니다.
* 이 도서는 국립중앙도서관 출판시도서목록(CIP)은 e-CIP 홈페이지
  (http://www.nl.go.kr/cip)에서 이용하실 수 있습니다.

저 혼자 머무는 풍경

김다연 시집

도서출판
시아

제1부

제2부

제3부

제4부

살면서
마음속에 담지 말아야 할 것이 있다는 것을
먼 길을 돌아온 지금 알 것 같다

깊은 물이 조용히 흐르는 것처럼
쉽게 바닥을 드러내지 않는 강물이
더 깊고 넓은 餘地를 품고 있다는 것을

돌아보면 지나온 生이 아득하여
거짓이 때로는 선이 되어 절망의 울타리를
더욱 옥죄었다는 것조차 말끔히 지워질 것 같은데
오랜 친구처럼 허름한 내 삶의 흔적들이
결국은 나를 키우는 못물이었음을

그리하여 내 마음 밭엔 새로운 꽃이 피고
온 우주가 뭉클하도록
개밥바라기별 총총할 것을
믿는다

2019년 유월

하늘아래 편안한 곳에서
김다연

제1부

후리지아

수척해진 눈매로 겨울추위를 견디는 동안 어디 먼 곳
세상과는 전혀 소식도 닿지 않는 그런 곳에라도 숨은
듯 얼어붙은 가슴 속 눈물로나 흐르더니 창문 틈새를
기웃거리는 햇살 제법 순해진 봄날 더 이상 기다릴
것도 없다 고이 감추었던 꽃눈 밀어 올리며 보이지
않는 마음 봄빛으로나 전해볼까 뿌리 깊은 눈물샘
터트려 슬픔의 빛 흐려오는 설레임 한 다발은 글썽
제 속의 길을 가늠하느라 얄팍해진 눈물방울 노랗게
물들였네

봄에게 길을 묻는다

빈 나뭇가지에 걸린 햇살이 맑다
그 햇살의 맑음으로
환하게 씻긴 나무에
첫 마음의 설레임 같은
속잎 돋아나듯
침잠했던 날들의 앙금을 털어내고
봄에게 길을 묻는다

짓밟혀도
다시 피어나는 풍경의 단아함으로
나무의 뿌리까지 이어진
검고 마른 땅 속
어떤 것에도 쉽게 물들지 않는
저만의 잎을 틔우기 위해
무엇을 해야 하는가

엷디엷은 나무의 속살
다치지 않게
戀慕의 애틋함으로 둥굴어 지는

제 품 속
치열하게 날 세우는 잎사귀의
길눈 열어주기 위해
나, 어떻게 해야 하느냐고

민들레

민들레처럼 살고 싶었다

돌 틈 사이
가장 낮은 곳에서도
찬란함을 잃지 않고 빛나는 꽃을
피우고 싶었다

보여 지는 것만이
세상의 전부라 여겼던 날의 오만을
한 줌 홀씨로 날려버리고

스스로 깊어져
봄 햇살을 탐하는
그 줄기의 단단함을 닮고 싶었다

그렇게 그렇게
쑥이며 냉이 달래들과 어울려
흐드러지고 싶었다

그러나
봄빛 시린 오늘
한 송이의 꽃도 피우지 못했다

민들레꽃
그 한 잎의 궁극에
깃들지 못했다

배추벌레

창가에 귀 기울여
벌레소리 따라갈까
잠긴 발걸음 걷어 올리던 문 틈 사이
시간을 다투던 배추벌레 한 마리
세상 속으로 꿈틀
살아있다는 광선 한 줄기 내뿜기 위해
뒤척이는 시계소리 쟁기삼아
가파른 이랑들 갈아 부친다
가끔은 눈썹 끝의 어디쯤
새벽별 같은 홀씨들 터트려
깨어있는 말씀 한 오래기
염불처럼 되새기기도 하고
오랜 기다림에 절은 배추 속의 물길
온통 허물기도 하면서
겹겹이 쌓인 마음 속 길을 찾아
자드락길 환히 밝혀내는
꼬갱이의 절정을 위하여
고여 있는 것들을 향한 촉수
번득인다

마음에도 결이 있었네

生과 生 사이를 서걱거리다 깊어진 세월의 흔적에
옹이진 마음 하나 놓지 못하고
사월의 미풍 속 아지랑이처럼 피어오르는
그리움의 순을 잘라버리지 못하고
물푸레나무 잎사귀처럼 잠시 흔들렸을 뿐인데
가는 곳도 모를 이정표 하나 떨구고
수천수만의 갈래로 이어지는 마음의 방에 금이 가는
소리
한 세상이 그만 거미줄에 걸린 낚시줄처럼 휘청거리던
소리
바람보다 먼저
深淵의 강줄기에 가 닿았을 뿐인데

마음에도 결이 있어서
강물과 강물 사이에는 물보라 일렁이고 있었네

초록에 물들다

어디서부터
네 슬픔의 푸른빛은 물들고 있었을까

몇 날을 돌아와서야
먼지처럼 미세하게 번지던 눈물자국이
더 깊은 강물이 되어
시집 같은 안부를 건네는
아침

천지사방에 물빛 純然한 길을
오가는 나를 위해
네 물줄기 끝 얼마나 오래
그리움의 순을 저며 두고
아파했으면

보이지 않게 멍이 든
내 안의 정원에
너에게로 가는
강물의 길이 트이고 말았을까

조팝나무꽃

그렇구나
네 진한 향기의 근원은
저 작은 물방울들 봄빛을 삼킨
꽃등불이었구나
여린 잎사귀마다
한 줄 詩의 행간을 채우는
그 불온한 쓸쓸함이었구나
울컥 쏟아질 듯 금이 간
목덜미 환한 시절의 그리움이었구나
진달래꽃
개나리꽃
그 수려한 꽃물에 견주는
네 눈물이었구나
수줍음이었구나
한줌 제비꽃 물오르는
언덕에
환장할 봄날을 아우르는
눈부심이었구나

부추꽃

무엇인가
피로에 지친 마음마다
빗소리 뚝뚝 젖는데
중심 잡히지 않는 주파수에
하루하루는
갈대처럼 흔들리는데
살며시
옆구리에 붙어
바람 한 줄기 분질러 놓는 것은

팽목항의 파도소리
문득 서글퍼지던
사월

하늘 한 모서리

아카시아 천지라네

초록빛 생생한 우듬지마다
혼신의 힘을 다해
눈물 꽃 매달고
보고 싶다는 말
차마 다할 수 없어
하얗게 바래어진 심중을
하늘 가득 펄럭이는
아카시아 꽃그늘 아래
행여 시린 가슴 속
꽃잎 되어 날릴까
파문 지던 나
아카시아 꽃 한창인
오월의 숲에서
잠시 일렁였던가
아니었던가

넝쿨장미 1

흔들리지마
아직은 때가 아니야
잠시의 통증이야 견디어야지
처음부터 너의 줄기엔 가시가 돋아 있었고
그 가시의 위험성에 대해서야
충분히 감지하고 있었지만
달라질 건 아무 것도 없었어
가끔씩은 비바람 불어와
꽃잎 떨어지는 순간마다
가물거리는 너를 향해
소리 없는 아우성을 질러도 보겠지만
날마다 솟아오르는 상처들을
다 떼어버릴 순 없는 거야

한순간
세상과의 수신호가 끊겼다고
허물어지진마

넝쿨장미 2

아득하여라
아주 오랜 날을
가시의 날카로움 속에 묻어두었던
그대 눈부심의 무늬가
한 송이 꽃으로 피어난 오늘
유월의 햇살을 차고 오르는
선홍빛의 은유가 너무 깊어서
그 은유의 꽃길을 지나는
순결함의 물빛이 너무 시려서
마음껏 향기로울 수도 없는
그대와 나 사이
형언할 수도 없는
형언할 수도 없는
눈빛으로나 짐작되다가
스러져 버리고 마는
저 공중 속의 물결 한 자락은

아름다운 폐허

흙벽 허물어진 집에 살구나무 한 그루
한낮의 적막 속에 두발 드리우고 있다
사람살이 떠나
앙상해진 것들 하염없이 바라보며
언제 누가 온다는 기별도 없는 곳에
세상을 견디는 일이란
그렇게 혼자만의 몫이라는 듯
지키지 못할 약속 같은
낙인 한 점 찍으며
삭히고 삭히다 멍든 날들의 궤적
누구에게도 들키지 않을
제 꽃잎 홀로이 피워
줄기찬 가지마다
슬어진 꽃망울 만발하도록
가만히 몸을 풀어보는 것이다

산수유꽃이 피었습니다

꽃샘바람
시퍼렇게 살아
가슴 속에 휘몰아치던 것이
엊그제인데
얼음꽃들
더러는 산그늘 아래 매달려 아직
발효중인데
산에는
산수유꽃이 피었습니다
꽃을 피운다는 것은
참으로 一場春夢과도 같아서
한나절 단잠에
겨우내 여몄던 근심을 풀어 놓았습니다
봄
그녀의 심장을 꿰뚫었습니다

벚꽃 진 자리에 달빛 머물 때

얼마나 더 오래 견디어야
길 끝에 닿을까
그늘 속에 숨어
힘줄이 되어주던 물줄기들
모두 어디로 가고
풍화작용의 길목에
흥건히 고인 달빛은
아무것도 비추지 않는데
生의 어느 굽이를 돌아
저 꽃잎 피어나서
문패도 없는 나무의 등불
밝혀줄 것이라고
꽃 속의 꽃
흔들리는 목숨의 추임새로
서늘한 행간 속을 서성인다

꽃이 핀다는 것은
꽃이 진다는 것은

다만 화엄의 경계를 가늠하는

배경인 것을

상추

그래 저 여린 대궁 어디쯤 작은 마음 한 조각이라도
펼쳐 보이고 싶었던 거야 멀리 있으면 차마 이르지
못하는 그리움 속절없어서 잠시라도 그 곁에 뿌리를
내리고 생의 언저리길 에돌아서라도 누군가의 곁에
닿고 싶었던 거야 그리하여 봄빛 더욱 깊어지면
세상의 모든 것들 온통 연두에 물들 때면 간절한 마음
더는 참을 수 없어 기다림의 길 접어둔 채 찬란하게
익어가는 한 점 육질과의 눈물겨운 화합을 위하여 뼈
속까지 저며 드는 푸름으로 세상을 여는 한줄기 싹이
라도 틔우고 싶었던 거야

그래도 다시 핀 꽃

사람과 사람 사이 꽃이 핀다면
어떤 꽃과 같을까

선운사 동백꽃 아라리 아라리
마음 잘라내어 풍경이 되는 자리

고요한 물 속 저 홀로 핀 산수국
애면글면 누군가의 견인을 꿈꾸는데

사람과 사람 사이 꽃이 진다면
무릇 중심에서 비켜선 모든 것들이
生의 경계를 놓아버릴 것을

사람과 사람 사이 한번 식은 온기란
속절없어서 다시 피어나지 않을 것을

그래도 다하지 못한 그 무엇 있어
선운사 동백꽃 다시 피었구나

버찌가 익을 무렵

고요할수록
깊어지는 것들이 있다

오월의 햇살 아래
깊어짐으로 오히려 아련한
기억을 불러내는 것들

잊혀졌다고 여긴 것은 잠시다

햇살 촘촘히 새긴 잎 사이로
가장 낮고 무거운 빛을
쏟아내는 것들

해묵은 침묵을 견디지 못해
맨발 홀홀 털고 나온 아낙의 눈 속을
파고든다

바람의 호흡 속으로 한순간 내려앉은

봄빛은
고향이 어디냐고 묻지 않는다

유관순

해마다 삼월은
아우내 장터의 횃불과 함께 온다

그때의 삼월 하늘은
미세먼지 자욱하지 않아서
더욱 높고도 푸르렀을 것을
눈이 아리도록 피었을 봄꽃 한 아름
꺾어 들고
수더분한 촌부의 아낙이 되었어도
한평생이 향기로웠을 것을

삼천리 방방곡곡
속 깊은 울음의 산맥을
한 자락 돌게 했던 죄로
억눌린 그리움이 되어 버린 그 이름
여전히 열여덟의 누나로
삼월의 찬란함으로 살아 있다

제2부

여름, 그 언저리에서

아프지 않은 것들의 머리 위로는
차마
햇살도 비껴간다는 것을 알게 된 것이
언제쯤이라고
명동성당 한 귀퉁이
등줄기 시퍼렇게 물 올리는
갈참나무 한 그루
어떤 간절함으로
그토록 찬란한 빛을 내뿜는지
생애의 가장 깊은 뇌관을 지나
저마다 눈빛 시린
반란의 징조처럼
물길 더욱 짙어가던 한 낮

별, 허공에 길을 내다

1
어디서부터
물무늬 번져오는가
반짝인다는 것은
소멸되어 간다는 것일 뿐
한 겹 바람의 자리로도 남지 않을
생애의 물기 몇 점 머금고
견고하지 않아도 그만일
무한천공의 우주 속
얼마나 아득한
허공의 길을 내었길래
제안의 물기 다 퍼주고도
저토록 그윽한 향기 머금었는가

2
길을 잃어본 사람만이
길의 소중함을 알듯이
길과 길 사이
별빛 총총한 것을 모르다가

올려다 본 밤하늘
그 침묵의 자리로 꽃처럼 피어나
온기를 피워 내는 일
몇 겹의 세월 흐르는 동안에도
변함없는 그 온기로
충만하지 못한 生의 길목마다
아프게 박혀와 응시하는 일
쉽지 않았음을 보여주는
막무가내의 풍경 몇 조각은

구룡폭포

골짜기 깊으니
물이 깊고
물이 깊으니
마음마저 깊어라
깊어진 마음 다하기 전
지리산 어느 한 자락
터 잡을 데 있을까
산 넘고
물 건너
구룡폭포 찾아드니
세상의 모든 것 쓸어버릴 듯
세차게 흐르는 물줄기
거침없어 좋은데
그 거침없는 물살의 흐름에
한 시절 고요하던 산 숲은
일대의 혼란 속을
두런거리고
그런가
그런가

삶이란 다 그런가
아무 것도 아닌 듯
아무 일도 없는 듯
쨍하니 환해진 햇살 속
여우비 한차례 지나가더라

코스모스

꺾이지 말아라
하고 많은 날들
남의 별자리 엿보기에
따로이 접지 못한 마음 한 겹
서럽기만 하더니
가을하늘 청명에 그 마음 다 잊었나
제 꽃잎 띄우고 흘러가던 냇물
모두 어디로 가고
여린 줄기마다 붉은 꽃잎들 돋아
감당할 수 없는 무게로
휘어져도
견딤이란 철근의 무게와도 같아
또 다른 매듭으로 자리매김하는
파장인 것을
부서지는 햇살 속으로
포물선을 그리며
제 자리를 찾아가는 내 꽃잎들아

봉숭아 꽃물들이네 1

시작도 모르고
끝도 모르고
마음끼리 튼 길 따라
이 길을 나선 것이 언제라고
비 그친 뒤
우후죽순처럼 피어오르는
그리움의 순을 잘라
봉숭아 꽃물들이네
어느 生을 돌아봐도
열흘 붉은 꽃이 없더라는
한 말씀으로
생성도 없고
소멸도 없는 벼랑 끝에
아스라이 얹힌 꽃이파리들
무한천공 우주 속을 훨훨
날아오르네

봉숭아 꽃물들이네 2

퍼 놓고 보면
한 세상 엷게 살아온 내력
아무 것도 아닌 것을
정체불명의 불빛 한 점
가슴에 품고
반짝이지도 않는
누추하고 누추한 것들이
제 영혼의 빈자리를
채워주는 것이라고
살아가는데 꼭 찬란한 것들만이
필요한 것은 아니라고
꽃잎 뒤척이는 소릴 듣는
여름 밤
생매장한 손가락마다
물안개 스며도
하마 깊어질 우물을 위하여
내 삶의 餘白 속에
화두처럼 매달린 추억

꽁꽁 여며
봉숭아 꽃물들이네

하회탈에 쓴 웃음 물고

안동 하회마을
낙동강 줄기 따라
물비린내 번지는 황톳길을
아무 상념 없이 걷게 되더라도
산모퉁이를 돌아서는
바람 한 자락에 흔들리고 싶진 않았어
그래서였을거야
괜한 체면치레에
일그러진 속 다 감춘
양반님네의 탈바가지에 눈 맞춘 순간
휘청거렸던 건
꾸부정한 생애 아랑곳없이
환한 춤 꽃 피워 올렸던 할매품에
소리 없이 잦아들고 싶었던 건
그렇더라도
길 끝에 걸린 여정을 뿌리칠 순 없어
하회탈에 쓴 웃음 물고
세상에게로 나아가는 바퀴살에

나를 실은 채
어둠보다 먼저 강을 건넜어

해바라기 1

밤새 한 문장만을 갈구하던 마음
아침 햇살에
꽃 대궁 굵어지도록 허리를 편다

마른 흙에서
단단하게 여문 텅 빔으로
오히려 가을을 닮은 눈

여물수록 깊은 주름
감당할 수 없어
담벼락이 기운다

해바라기 2

물방울 시린 꽃잎 사이로
햇살처럼 퍼져서
긴 默늠의 향불 지키는
그리움의 언덕에 강물 넘치면
오랜 시간
관념과 형식 속에 웅숭거리던
뒤척임 따위 지워버리고
깊은 상흔으로
뿌리 속까지 스며들어
한 生을
치솟았다가는 가라앉게도 할
흔들림을 위하여
꽃길 만들어가는
그대
面壁의 고요함이여

그리움에도 질서가 있다

사람의 길이란
때로 어디를 향해 가는지
알 수가 없어서
안면도 지나
고남 가는 길

바람아래 해수욕장이라는
이름 하나에 홀려
푸른빛 선명하게 출렁이는
산모롱이 돌아드니
앞을 가려오는 것은
갯벌이었을 뿐

조각처럼 떠 있는 섬 그늘에
더위에 지치고
그리움에 지친 마음들
무더기 무더기로 앉아
꽃게를 잡거나
고동을 줍거나

가끔은 파도자락에 휩쓸려
물너울의 영역을 넓혔을 뿐

누구나가
아무렇지도 않은 얼굴로
무심한척 돌아서지만
그 돌아섬의 등 뒤로
망각의 두려움보다 먼저
물밀어드는
그리움에도 질서가 있다는 것을
왜 몰랐을까

책갈피 속의 네잎클로버

마음에 피는 버짐자리 커져갈 때면
가벼워지고 싶어
책 한권 손에 들고 옷깃 여민다
어디쯤인가
해독할 수 없는 원시시대의 기호 같은
글귀 있어
읊조리고 읊조리다가
아무럼 내게도 살구꽃 같은 시어들
화르르 피는 날 있으리라
걷고 또 걷다 보면
발끝에 채이는 어둠살 깊어 가는데
책갈피 속
적당히 말려진 부피로
열려오는 꽃물결 따라
바라보는 나와
바라다 보이는 나
한달음에 달려가 틈새기 좁힌다

책갈피 속의 네잎클로버
그 물빛 고요에 하나 되어

사물놀이

햇빛 맑은
어느 날이던가
장구와 북 징과 꽹과리가
어울려
버무려지고 다져지고
섞여서
한소리를 이루더니
나를 거치지 않고도
거침없이
저문 강물 속을 흐르더라
흐르고 흐르다 지치면
여울 끝에 어른거리는
물새 한 마리 되어
열두 폭 비단 치마를 두른
노을을 꿈꾸기도 하다가
자동차의 경적소리 요란한
아스팔트길을 지나
물빛 한웅큼 길어 올리더라

나비 한 마리 날아오른다

단국대 병원 영안실
조명등을 밝히는 국화꽃 사이로
혹자는 별빛 한 점 접시에 담아
다시는 마주할 수 없는 썰물을
바다 저 멀리 던져버려야 한다고 푸념을 하고
혹자는 구름 한 조각 소주잔에 기울이며
혼자서 가는 길이 외롭기도 할 거라
주저리 주저리 속울음을 삼키는데
살아 있다는 것과
살아 있지 않다는 것의 경계가
무에 그리 대수냐고 울화가 치민 당신은
글썽이는 제 상처의 묘비명을 무어라 남겨야 할까
無念의 시간 속을 서성일 뿐
어떤 것도 슬퍼하거나 아파하지 않아도 그만일
生의 칠부능선 길을
깃털처럼 가벼워진 나비 한 마리 날아오른다

어느 날 문득

늦은 밤 하루치의 쓰레기를 모아 엘리베이터를 탄다
텅 빈 공간의 거울 속으로 깃발처럼 흔들리는 여자
새로울 것도 없는 날들에 버릴 것은 늘 산더미처럼
늘어간다는 것 그 만만치 않은 삶의 무게로 터질 듯
팽팽하게 부푼 비닐 속 처음 같은 마음일수야 없는데
검붉은 가시 끝에 걸린 용틀임처럼 여러 겹 심연의
바닥을 뚫고 나온 빛오라기들 어느새 달빛 출렁이는
모래 위에 뿌리내리고 초록의 빛깔 무성한 꽃숭어리
피워 올린다

따뜻한 슬픔

산다는 일의 부피 너머로
뿌리째 뽑힌 옹이 하나
내 몸을 뚫고
괜한 습기에
어떤 저항이라도 베어낼 것 같은
단절감으로
보이지 않는 그늘을
탓하지 말라 하는데

물기 한 점의 눈물겨움으로
바람의 끝자락마다 돋아나서
마음살 부러뜨리는
저 미세한 입자들의 落淚는
속수무책
내 몸 속의 물무늬
환하게 피워내는데

먼지 속에 피운 꽃

— 황진이

볕 든 울타리에 복숭아꽃 곱던 봄 날
두보의 시편이 가득한 해낭*을 발견하지 못했다면
섬돌 아래 묶인 체념의 무게와 아픔 없이
바람처럼 능란한 몸짓으로
악기나 다루고 춤이나 추는
해어화의 길만을 걸었을까

스스로 정숙의 바깥에 놓이더라도
배움의 자락을 살피겠다는 간절함 아니었다면
꽃신을 더럽히는 몽니쟁이*들로
서서히 깊어가는 상처를 끌어안고
금강에서 두류를 유랑했던 그녀

노자를 만나면 허무를 몰아세우고
석가를 만나면 적멸을 비판했던
꽃못*의 구름발치에서
송도삼절의 한 사람으로
능히 있고도 없음의 간극을 지우고도 남을
바람꽃 피울 수 있었을까

* 해낭(좋아하는 시만을 노아둔 시선집)
* 몽니쟁이(음흉하고 심술궂게 욕심을 부리는 사람)
* 꽃못(서경덕이 제자들을 가르친 곳)

나방

창살의 어둠을 말아 쥔 채
견딜 수 없는 자리로
벼랑 끝 시간을 떠밀어도
빗장처럼 잠긴 세상은
여전히 움직이지 않는데
시나브로 부풀어가는 조바심에
제 몸의 색 모조리 불태운 독가루
하얗게 퍼져도
창틈에 늘어 붙은 별빛을
서둘러 털어낼 뿐
끌어안은 빛의 영역이
뼈아프도록
자기 앞의 생을 호흡하는
저 눈부신 난간의 절정

제3부

가을

산그늘 따라
노을 더욱 깊어지면
가을을 닮고 싶어
조용히
책장을 넘긴다

찬바람 가득한 세상
한 편의 詩라도 되고 싶어
그것들
피지도 못한 이파리들
하염없는 상처를 덧내도

모처럼
울음 끝에 열린 하늘이
시려
온 산에 단풍물 들이는
한 잎의 사연을 본다

작고 희미한 것들이 지은 집

신두리 사구에 가거들랑
발길 함부로 내닫지 마라
모래바람 휘도는 거기
작고 희미한 것들이 집을 지어
살고 있으니
아무리 작은 微物일지라도
한 생애를 누리고 싶은 熱望에는
모자람이 없을 터
눈앞에 보이지 않는
제 迷妄이 깊다하여
옹이 박힌 상처 점점이 피운
해당화의 눈빛에
연연해하지 말고
모래바람 속에서라도
하루를 보듬고 싶은
개미귀신의 경계를 탓하지 마라
어차피 돌이킬 수 없는 여정이라면
작고 희미한 것들이 지은 집에
그렇게

남루한 영혼의 통증을 내려놓고
思惟의 나래를 펼쳐봄도
나쁘지는 않을 터

신두리 사구에 가거들랑
굳이 바람의 出處를 묻지 마라

들국화

아무려면 어때요
계절의 금을 가르는
바람 한 자락 불어오면
가만히 피었다가 지고 말면
그만인 것을
꽃이 화려하지 않다고
향기가 진하지 않다고
시샘할일 무에 있어요
감당할 수 없는 일렁거림에
휘날리는 꽃잎들
속절없이 부서져 버린들
마음 밖에 울타리를 세우고
아주 작은 틈을 향해
해탈을 꿈꾸는 찰라
제 마음의 갈피를 거두지 못해
막무가내로 무늬 지는
그리움 한 줄
목이 메여
가슴 칠일 무에 있겠어요

담쟁이 1

아주 오랜 날을 당신을 행해 손 내밀었던 그날 이후
하늘 아래 모든 것들이 마음 거두었던 순간에도
벽을 타고 오르는 일을 멈출 수는 없었어요

도심의 경계를 가르는 거기
한 겹 물살로 밀려드는 자욱 바라보며
이미 세상의 바깥에 놓인 담벼락을 허물수가 없어
온 몸을 휘감고 옥죄는 날들을 견디면서

저 먼 길 너머 거침없는 초록의 먹먹함 때문에
후두둑 빗방울이라도 듣는 날이면
말갛게 씻긴 이파리마다 당신을 아프게 새겼을 뿐

지워지지 않을 한 生을 물들이며
천년을 이어 온 넝쿨
제 그늘로도 가리지 못할 벼랑에 기대어
활기차게 뻗어가는 줄기 자를 수는 없었어요

담쟁이 2

솟아오르는 것은 잠시였어

사유의 끝자락에 매달린 풍경
지워버리기도 전
도심의 담벼락을 뒤덮은
파수꾼들

생으로 살아나는 것이
옹골찬 일인 줄이야
애초에 알지 못했지만
때로는 쓸쓸한 불빛 속에
뻗어나는 줄기 잘라버리고도 싶었어

그러나 썩지 않는다는 것
그리하여 아득한 무덤의 봉분처럼
세상의 심장을 덮어버리고
꿈꾸는 듯 물결무늬들을 퍼트린다는 것

그것이 주어진 운명이라 믿기로 했어

저토록

수천의 꽃숭어리 출렁이는 것을

마음껏 향유하기로 했어

신성리에서

하늘이 푸르러서 가슴이 시린 것은
나만의 사정이 아니었나보다
물찬 언저리마다
서슬 푸른 줄기들이 허공을 가르는
신성리 갈대밭
풀도 아닌 것이 꽃도 아닌 것이
자꾸만 감겨드는 물살에
속수무책 던진 마음줄기 어쩌지 못해
가을 깊은 속울음을 울고 있는 것을 보니
그 울음소리가 신호이기라도 한 듯
사는 일이 푸석해진 쇠기러기들
제 안의 물빛 놓아버린 채
물 끝 마음 끝 저 멀리
생의 꽃무늬 하얗게 날리고 있는 것을 보니

가을을 베어 문 꽃사과야 1

붉으레 물들어 가는 노을빛에
그 무슨 절절함 깊어
아득한 이파리 다 떨구어 버리고
제 한 목숨 무심히 걸어놓은 것들
본래 간결함이 미덕의 소치인 줄이야
저 혼자 밝힌 꽃등을 보고서도 알았지만
망연자실
폐허의 한 자락을 움켜진 청정함이
생명 있는 것들의 매혹을 더하는
근원인 것을
눈시울 붉혀
가 닿을 수 없는 생략의 깊이를
헤아리지 못한 폭풍우로
여름내 덧낸 상처 아물고 아물더니
가을 햇살 한 잎 베어 물고
비로소 자유로워진 것들
과육의 중심을 향해 번지는 향기로
그윽하구나

가을을 베어 문 꽃사과야 2

아름답지만
슬픈 꽃이 있음을 알았을 때
푸릇푸릇 돋아나던 반점의 기억으로
너를 바라보는 것조차 아픔이던
꽃사과야
시간의 흐름이야 잠시라고
매미소리 울창한
여름의 막바지에 매달려
숨 고르는 너를 보며
한 때
물기이거나 멍이었던
네 작은 육신의 흔적들이
가을 햇살 한 잎 베어 물고
다시금 싱싱한 향기로 가득 차서
찬란함의 과육으로 거듭나길 바라는
마음마저 거두고
은혜로운 너의 주인이 되어
떠나야 함을
그리하여 오랜 風葬의 습관으로

네 죽음의 살점들이 밟히는 그 날까지
기다려야 함을
이제야 알겠구나

도명산 오르며

세상 밖으로
아무리 세찬 바람 불어도
제 키를 넘게 자란
그리움 하나 속절없어라
산자락 오르는데
모자라거나
넘치지도 않는 눈빛에
흔들리는
구절초 한 무리가
덧없는 마음일랑
내려놓고 가라 한다

내 아직 사람의 마을에
꽃이 피는 까닭도
헤아리지 못하고
사는 것을
그만 둥글어지라 한다

詩

비만 같은 등허리를 눕혀
하루의 끝에 닿으면
살쩌가는 옆구리의 무게쯤
얼마든지 감수하리라
한사코 들러 붙는 파문에도
너를 외면하지만
웃자란 뼈마디의 질량을
베어버리지 못하고
자박자박 살아나는
문장의 발자국 소리를
지워버리지도 못하고
날이 갈수록 멍들어 가는 나

낙엽 속으로

얼마나 오랜만인가
저것들
이름도 모를 나무들
저물어가는 가을 색에 물들어
갈피갈피 풀어버린 수심들을
감당하지 못해
우수수
쏟아내 버린 핏덩이들
젖은 땅 속의
더 깊고 넓은 안식을 위하여
화르르 꽃불 댕기는
그 가엾음의 눈빛들
무심히 밟혀 으스러져도
저만치
모가지 긴 갈대들과 더불어
산 숲을 서성거리던 햇살 한줌은
낙엽 속으로
낙엽 속으로
고단한 파문을 접는데

허수아비

빈 들녘에 홀로 선 허수아비
바라보는 곳이 어디인지
헤아릴 순 없지만
아득한 숨결 휘휘 날리며
저녁연기 피어오르는
오동나무집 싸리문을 들어선다

거기 선연한 응시로 투명해지는
마당가엔 오동꽃 출렁이고
한번쯤 지독하게 무너지지 않은 삶이
어디 있느냐고
안간힘으로 살아온 내력이
노곤해진 제천 영감
탁배기 한잔 알싸하게 걸치고
잠이 들면

삶이 비로소
고요해지는 그 아득함이라니

내장산 단풍이 말하길

새벽비에 젖은 산줄기 마다 않고
내장산에 올랐네요
오르는 길 내내
발부리에 닿는 낙엽의 부드러움에
또 다른 길 있을까
가파른 산길 돌아섰네요
돌아서는 하늘 밑
홍조 띤 새색시의 연지곤지인 듯
드러나는 산자락엔
아직 단풍의 흔적 엷기만 해
모처럼의 산행이 헛일이다 싶었는데
내장산 단풍이 말하길
푸를 만큼 푸르다 지쳐
영양결핍의 극치에 이른 것이
단풍의 실상이라네요
그리하여
사람들 단풍구경이란 미명하에 흥청거릴 때
그 나무들
다스릴 수 없는 홍역으로 진저리친다고요

저 혼자 머무는 풍경

驛은 언제나 그곳에 있었다

오고가는 이들의 발길 뜸해졌거나
머물던 사람들 떠나갔어도
햇빛 맑으면 맑은 대로
비바람 몰아치면 몰아치는 대로
산으로 강으로
꽃으로 나무로
허물어지는 지붕의 그림자를 지우며
혈육 같은 개망초꽃들 피우고 또 피웠다

간혹
길을 잃은 노루나 고양이가 찾아와
살아가는 일의 고단함을 풀어놓기도 했지만
순간의 머무름이 가져다주는 위안이란
닿을 수 없는 한 시절의 기억일 뿐
텅 빈 驛숲의 적막함만이
저 혼자 머무는 풍경이 된 양원역엔
깃들 것 없는 하루 내내 노을이 깊었다

선운사에서

세상의 인연 얼마나 깊어
마음속 바랑 하나 짊어지고
여기까지 왔을까

빛바랜 단청 아래
눈부신
혹은 수려했던 날들이란
한낱 비워야 할 迷妄임을 알리는
솔바람만이
산사 주변을 맴돌 뿐
꽃소식 다 지난
선운사엔
매미소리 한창인데

무심히 흘러가는 물결 따라
나에게로
세상에게로 오는
말씀의 여운들

오래도록 남아
마음속 환한 꽃 터트리네

시래기

버려져도 그만인 것들을 엮어서
처마 끝에 매달았다

한때의 푸르름이 지나쳐서
삶의 옹이 더욱 절절했던 찬란함은
이제
제 몸에 지닌 수분을 비워내고
그 푸른빛을 털어낼 것이다

가파르게 달려온 생의 한 굽이를
돌아
팽팽한 것이 다는 아니라고
비우고 비워서 바삭해진 몸으로
그 너른 품의 그늘을 드리울 것이다

더 오래 깊어지기 위하여
속절없이
얼룩지고 얼룩졌던 날들의

단호함으로

한 시절 친숙했던 생명줄을 내어줄 것이다

석류

때로는 흔들림이 아니어도
한 물결 일으키는
생의 향기로움이 있다는 것을
잊은 지 오래
어떤 눈부심보다 시린 애틋함으로
꽃은 다시 피어난다는 것을
잊은 지는 더 오래
생생한 이파리로 차오르는
풍경의 그윽함을 위하여
단단한 껍질 속에
아랑곳없이 깃든 씨알들은
더 깊은 눈빛으로 여울지는데
기울지 않는 마음
한줌 핏빛으로 감추었네

시월

바스락 바스락 시몬의 낙엽 밟는 소리에
흠씬 취해보고 싶은 시절입니다

가을은 짧고 가봐야 할 곳은 많아서
어디를 먼저 가야 할지 설레는 날들이기도 하고요

그런 하루 흐르는 물은 웅덩이를 채우지 않고는
흐르지 않는다는 관수루가 있는 수승대에 닿았습니다

시와 사람 이름이 빼곡하게 새겨진 거북 바위 옆
쫄쫄 흐르는 냇물 소리가
물길 마음 길 눈길 확 트고 마는 곳

내 안에 한껏 그 풍경을 담고 싶었지만
아직 그릇이 여물지 못한 나는 그만
풍경 속에 담긴 채 붉은 피 한 사발 들이켰습니다

제4부

나무는 옷을 입었다

한 때 내 마음에 별이었던 이파리들
떨어져 버렸다 한 들
달라질 일이야 아무 것도 없었다

겨울이라고 훌훌 털어버린 나무의 마음 변함없이
제 자리를 지키는데 허락지도 않는 그의 문가에 기대어
잠시라도 환한 꽃 피우고 싶은 조바심에 왼 하루를
서성거렸던 거기 동학사의 처마 끝으로
가랑비 종종 젖어들었다 한들
예고도 없이 찾아든 내 발자욱 소리에
텅 빈 하늘을 차고 오르던 겨울새 한 마리의 아득함을
지울 수야 없었을 것을

한 生을 돌아
이끼의 옷을 입은 나무의 마음으로야 어찌
허물어진 틈을 메울 수 있을 것이냐고 돌아섰던
산사의 그 겨울날에

첫눈

순간일지라도
아름다움으로 숨을 놓는
춤사위에 취해
습자지 빛 눈물 배어 올리던 기억은
한낱 꿈이었을까

흔들리는 차창너머로
서늘하게 달라붙는 세상의 균열들이
한웅큼 고요로움 속을
지나와서는
스르르 몸을 푸는
폐타이어 가득한 풍경 위로
바람일 수 없었던
꽃잎일 수 없었던
한 女子의 외출 같은 낯설음이
길과 길 사이를 흘러갈 뿐

형체도 없는 것들이
눈물같이 투명한 그것들이

그렇게 그렇게
저 혼자 피었다가
져버리고 말았던 것이다

겨울바다

겨울바다에 갔지
텅 빈 하늘에는
갈매기 두어 마리 날아오를 뿐
거친 파도 소리만
폐부 깊숙이 파고들었지
간혹 솔숲 사이를 헤쳐 오르는
바람
쟁쟁 금이 가는 슬픔의 눈빛을
밟으며
제 안에 출렁이는 바다만이
바다는 아니라고
억센 손 갈퀴에 딸려 온
생굴 한 접시를
소주 한 잔에 삼켜버렸지

제 품 속 간절한 그리움에
콧등 시리도록
날개 접고 내려앉는
허공 한 자락을

삼라만상
그 우주 속에 묻어버렸지

새벽

먼 곳에 두고 온 별빛을
손에 쥐기도 전
눈 터트려 비명이 되는 소리들
속절없이 길눈을 잃고 절룩거릴 때
밤새 관조의 숲에 들었던
삶의 옹이들은 하나 둘
몽유의 병을 떨치며 깨어난다

미명의 강둑엔
가장 낮은 강줄기를 따라
강물이 흐르고
잠시 어둠에 갇혔던 침묵은
꿈같은 머릿결을 빗어 내리며
스륵 스륵
쇠울음을 울고 간다

콘크리트 빌딩 숲 사이
까마득한 별부스러기의 자취
사라지기도 전

덜덜거리는 행상의 트럭이 지나가고
가까스로 눈비비고 나온
슈퍼마켓 주인의 셔터 올리는 소리
망각이라는 장치의 자물쇠를
풀어버린다

뜨개질

너무 촘촘하지 않게
조금은 헐겁게
삶이 내어준 자리
고요히 앉아
마른 풀들 수런거리는 소리
코를 삼아
안뜨기 두 번 겉뜨기 두 번
꽃나무를 키운다

마음의 감옥에 갇혀
절대 싱그러울 수만은 없었던 날들을
한 가닥 실에 감아
절제와 균형이 버무려진 손길로
푸른 잎사귀 더욱 생생한
무늬를 틔우고
아름드리 나이테의 여백을 채운다

털목도리 맵시 있게 두르고
찬바람 횅한 겨울이라도

마중해야 할 것 같은
낯선 도시의 또 하루

십일월

생의 언저리에는
늘상 바라지 않는 차광막이 있어
그늘 깊은 것을
마음 한 귀퉁이를 비우기가
쉽지 않아서
누구를 향해서도 아니고
제 안에 있어 소리 없이 자라는
가시 하나의 날카로움이
하염없어지는 십일월

들꽃 피면 피는 대로
낙엽 지면 지는 대로
초연하리라던 마음 간 곳 없고
여름 내 무성하던 햇살
한순간에 사그라진 들녘엔
스산함만 갈피갈피 내려앉는데
아직 다하지 못한
무엇이 있어
찬서리 저토록 환해지는가

바다

여기 공룡이 풀을 뜯던 시절엔 무엇으로 가득 차 일렁였을까 높푸른 하늘과 맛닿아 수평을 이루다가 한라에서 백두까지라도 순식간에 메워버릴 것 같은 저 만만치 않은 그리움의 서슬은 돌아서며 어디로부터 주저앉힐 수 없는 물비늘을 몰고 와 저렇듯 시퍼런 객혈을 쏟아놓고 가버리는 것일까 부딪히며 저마다의 소리로 아우성치는 파도소리 제아무리 높아도 거짓인 듯 어둠이 걷히면 무한장력의 격랑 따위 단숨에 재워버리고 말 햇덩이를 그 너른 품 속 어디쯤에서부터 밀어 올리는 것일까

발레리나

한 여자가 춤을 춘다
그럴 때의 그 여자
저수지 가득 일렁이는 겨울의 깊이만큼
반짝거린다
마른 바람 한 잎에도 저항 없이 날아가
곤두박질하는 수직의 햇살처럼
무아지경의 벌판 위를 구르는 헐렁함이
꼭 가랑잎 같다
어느 하루
각성제처럼 환희로운 그 여자
세상의 에너지란 에너지는 다 끌어 모아
강물처럼 깊은 호흡으로
허공 속을 비상한다
그 찰나의 아름다움에 번지는 박수의 물결은
차라리 밀폐된 신앙의 우상화내지는
낡아버린 측음기와의 불협화음 같다
그럼에도
살아서는 별에 갈수 없는 운명을
거역하듯

혼불 태우는 그 여자
제 슬픔의 무게 다 지워버리고
눈꽃 되어 흩날린다

모래물결

강물이 흐른다
때로 빛이 되고 싶어서
평원을 달리는 모래알 몇과
뿌리내릴 수 없는 참혹함에 허물어지던
돌무더기들
사막을 달리는 말발굽 소리로
잘려나간 햇살의 자리를
염원하듯
돈황의 거리를 지나
왕오천축국전의 행간 속을 넘실거리는
시간의 축대사이로
살아있음의 생생함이
물결 되어 흐른다
더 이상 범람할 수 없는 물결에
먹빛 정신의 신경줄을 차고 오르는
은조기떼들
무아지경의 춤사위로 저문 강둑길을
굽이쳐 흐른다

선녀를 찾아서
— 어느 농촌총각의 자살

이 세상에 선녀가 정말 있을까를 화두처럼 끌어안고
전전긍긍하던 그에게
눈물은 한 때 고요한 카타르시스였지요
그러나
슬픔의 근원을 잘라버릴 수 없는 눈물이란
결국 또 다른 늪이라는 걸 알고
더 이상 길어낼 수 없는
우물 속에 갇히고 싶지 않았던 그는
등빛 시린 어느 날
속절없이 드리웠던 두레박을 들어 올렸지요
물론 두레박 속에 한 세상을 함께 할 선녀라도 있길
바라지 않은 바 아니지만
속이 비었다고
서글픔이 넘칠 리도 없었기에
오히려 눈물의 의미가 명징해지는 순간
하늘바라기로 솟아오르는 분노 따위
지워버리고
제 품에 맞지 않는 옷 훌훌 벗어버렸지요

잔다르크를 읽다

딱 꼬집어 말할 수는 없지만
수렁 깊은 늪을 지나
온전한 땅의 냄새를
충분히 섭렵한
권력과 명예 따위
검불처럼 잘라버리고
줄밖에 서서
결코 중심일 수 없었던
그럼에도
꺾어버릴 수 없는 강단으로
기꺼이 목숨 줄 놓아 버린
감히
같은 금을 밟았다는 현기증에
가슴 속 휑한 길 만들고
스산해하는 이 하루

겨울나무

잿빛하늘
푸석이는 바람줄기에
벗은 몸
혼자서서도 늠름한 겨울나무야
바람소리 서러워
온 몸이 얼어도
계절의 끝에 닿으면
속살 터지는 기쁨
가지마다 새로울 것 같아
둥그렇게 옹이지는 꿈 조각을
밀어 올리는
너는
벼랑 끝에 서 있어도
찬란하구나

사랑, 그 헤아릴 수 없는 안개의 숲을 지나
— 백설공주를 사랑한 반달이

어느 날
누군가 사람이 살 수 있는 곳이란
또 다른 누군가의 가슴 속 밖에 없다고
말했을 때
터무니없는 투정이라고
딱 잘라 고개를 돌렸던 그녀는
말로써는 다할 수 없는 울타리에
갇혀
혼자만의 상심과 환희와 절망을
견디는
반달이의 춤사위를 보고서야 알았네

제 모든 것을 다 잃고서라도
온전히 지켜주고 싶은 애처로움이야말로
세상을 지탱하는 버팀목이라는 것을
사람으로서 진정 살 수 있는 곳이란
결국
또 다른 누군가의 가슴 속 밖에 없다는 것을
사랑

그 헤아릴 수 없는 안개의 숲을 지나
반달이의 사랑과 눈물과 희생이
절절한 火印으로 되새겨지는
오늘 그리고 내일

안시성

모든 시작에는 끝이 있음을

번뇌는 때로 참혹하여서
그 끝을 향해 가는 날들 중에는
절망의 이름으로 무너진 많은 날과
오해와 질시로 일그러진 더 많은 날들이 있었음을
가당치 않은 이들의 무고 거침없어도
누추하고도 귀한 것들이 한데 어우러져
지켜낼 수 있었던 城이었음을

다만 군더더기 없는 생을 위하여
아름답지만 허망한 탐욕에 물들지 않고
극한의 외로움에 떨면서도
쓰러져 갈 곳 없는 이들의 뿌리이고자
스스로 반역의 길을 택했던
늦봄晚春의 고뇌 전쟁보다 무거웠음을

가파른 역사의 행간 어디쯤 다시 살아나서
지도 밖의 또 한 길을 여는 가치의 견고함이었음을

버려지는 것의 가없음으로

내 살아온 기억의 여정 속
슬픔이 물결처럼 일렁였던
그 결리고 결렸던 날들의
엷은 무늬이거나 통증이었던
한 뭉치의 책과 공책을 내다버렸다
한때는 분명 내게 푸른 정신의 등불이거나
뼈저린 염원이었을
때로는 스스로를 옭아매는 결박이 되어
하염없는 생채기를 덧내기도 하였을
내 불투명한 날들의 증표이거나 길잡이였던
그것들을
마치 버림으로써 무엇인가 또 다른 것들을
채울 수 있을 것 같은 예감으로
그러나 발등에 떨어지는 별빛의 간절함은
더욱 시린 매듭이 되어 나를 옭아매었다
버림으로써 채워지는 것이 아니라
버려지는 것의 가없음으로
다시 돋아나는 별빛이 있다는 듯이
내 가슴 속 빈터에 꼬리별을 떨구고 갔다

종이꽃

나비 한 마리 키우고 싶어
종이꽃을 접는다
세상 속으로 기울지 못해
엷어지는 기억의 틈새마다
살아 숨쉬는 나비는
형형색색의 빛살에
혼이 젖어
눈물꽃 가득 피워 올린다

애써 기다리지 않아도
갈 것은 가고
올 것은 오듯이
바람 한 짐의 무게로도
지울 수 없는 형벌은
희망이라 이름한 모든 것들에게
이미 놓아버린
비상을 꿈꾸라 한다

하늘 속으로 날아오르는 종이꽃들
저마다 지닌 꽃 섬에
화르르 꽃잎 터트린다

사랑니를 뽑다

다른 아무 것도 생각할 수가 없다

빈틈없이 스며드는 기계음에
나의 내면은 한낱 쓰레기로
버려졌을 뿐

꼬박 하루 한 나절을
견딜 수 없는 파도가 물을 넘어도
나를 위한 해탈의 문은
어디에서도 열리지 않는데

판피린 한 알 텅 빈 행간 사이로
툭 터진 눈물샘 담금질하는데

제 몸의 일부를 내어주고서야
아픔의 자리를 온전히 치유할 수 있는 것이
살아감의 이치라면
또 무엇을 더 버려야 할까

균형을 잃다

삼십여 년 생략 없는 시간을 견디는 동안
내 어깨는 균형을 잃었다

MRI 사진 속 선명함 아니어도
내 삶을 묘사하는 구체성은 이미
주관적 설득력을 상실했다

잠깐씩 스치는 통증에 옷조차 입기 버거울 때면
뾰족한 슬픔이 나를 할퀴지만
관념을 감각화 하는 이성은
견디는 자의 몫에 대한 의지를 일깨웠다

망가지고 잊혀진 것들에 대한
근원을 흔드는 불면의 밤이면
고통을 행복의 등식으로 연결하는
변증법적 외연이 떠올랐지만

이미 생명을 잉태해본 경험이 있는
내 오랜 호흡의 간격을 넘어서지는 못했다

귀향*

아리랑 아리랑 아라리요
쓰라리고 쓰라린
고갯길을 넘고 넘어
애비 에미의 가슴에
박힌 대못 한 점

제 필생이 파란만장의
극한인 것을
절대의 꽃이 아닌 꽃으로
역사라는 시간 속을 절규하는
저 참담한 울부짖음

겨울은 가고 봄이 와도
불쑥불쑥 몸 내미는
꽃숭어리 피우지도 못하고
만발한 생채기
생채기

살아가는 것은 다만
돌아오기 위한 통곡이었던 것을
끝내 돌아오지 못한 것은
꽃인가
나비인가

* 귀향 : 조정래 감독의 위안부를 위한 영화

[해설]

풍경의 관조

— 깊고 고요한 평정에 이르는 길

윤성희(문학평론가)

풍경의 관조

— 깊고 고요한 평정에 이르는 길

윤성희(문학평론가)

시를 읽는 것은 시 속에 펼쳐지는 풍경을 읽는 것인지도 모르겠다. 육신의 전감각에 전율을 일으키는 장엄하고 눈부신 자연의 풍경, 시인의 실존을 이루는 밝거나 어두운 내면의 풍경, 그가 노상 부딪치며 인지하는 고단한 삶의 풍경, 생명의 풍경, 죽음의 풍경…… . 시는 풍경으로 이루어진, 풍경의 조합이다. 시인은 풍경으로 음악을 만들고 풍경으로 이야기를 전달한다. 풍경으로 존재의 감각을 자극하고 풍경으로 한 공기의 밥을 짓는다.

김다연의 시집을 열면 곳곳에 아로새겨진 풍경과 마주친다. 그 풍경들을 일별하다 보면 이번 시집의 표제작이기도 한 「저 혼자 머무는 풍경」에 어쩔 수 없이 눈이 오래 머물게 된다. 「저 혼자 머무는 풍경」의 풍경에는 어쩌면 시인이 보여주고 싶어 하는 세계의 전모가 담겨 있을지 모르기 때문이다. 이럴 때 독자는 시인이 보여주고 싶어하는 것이 무엇인지, 혹은 은닉해두고자 하는 것은 어떤 것인지, 풍경의 여기저기를 탐색가의 시선으로 살피게 된다.

「저 혼자 머무는 풍경」은 제목이 환기하는 것처럼 고요하고 쓸쓸한 한 폭의 풍경화를 보여주고 있다. 인적도 없이 노을과 함께 저물어가는 텅 빈 역사 주위는 고즈넉한 분위기 속에 개망초꽃만 가득하다. 늘 있었던 그 자리에 정지된 풍경으로 존재하는 '양원역'은 소리도 없이, 움직임도 없이 그저 적요하기만 할 뿐. 시의 풍경화는 첫 문장 "驛은 언제나 그곳에 있었다"로 시작하여 "텅 빈 驛舍의 적막함만이 / 저 혼자 머무는 풍경이 된 양원역엔 / 깃들 것 없는 하루 내내 노을이 깊었다"로 마무리된다. 음은 소거되어 있고, 동작은 일시 멈춤 상태에 놓여 있다. 물론 적요의 이면에는 삶의 분주함과 고단함이 기억으로 가라앉아 있다.

간혹
길을 잃은 노루나 고양이가 찾아와
살아가는 일의 고단함을 풀어놓기도 했지만
순간의 머무름이 가져다주는 위안이란
닿을 수 없는 한 시절의 기억일 뿐
　　　　　　　　　　　　　　　　　　—「저 혼자 머무는 풍경」 부분

지금은 되돌아갈 수 없는 기억의 한 시절 속에는 "햇빛 맑으면 맑은 대로 / 비바람 몰아치면 몰아치는 대로" 세파에 등 떠밀려 길을 잃고 감정을 소비하던 날이 있었을 것이다. 시인은 이제 "살아가는 일의 고단함"을 가중시키던 감정의 전선 가닥들을 기억의 저 편으로 가지런히 밀어두고 사위가

고요한 역사驛舍처럼 초연한 풍경이 되어 있다. 누구든 그랬을 것이다. 혼미와 방황, 들썽거림과 몸부림의 시간이 있었을 터. 그러나 그 거친 삶의 입자들을 걸러내고 감정의 아우성을 가라앉히면 저 '양원역'의 풍경처럼 혼자만의 시간이 주어질 것이다. 시인은 그것을 차분한 내면의 평화, 느릿한 고요의 경지로 구체화하고 있다.

「저 혼자 머무는 풍경」의 연장선에 있는 다음의 작품에서도 고요의 경지가 어떤 것인지를 다시 한번 확인한다.

흙벽 허물어진 집에 살구나무 한 그루
한낮의 적막 속에 두발 드리우고 있다
사람살이 떠나
앙상해진 것들 하염없이 바라보며
언제 누가 온다는 기별도 없는 곳에
세상을 견디는 일이란
그렇게 혼자만의 몫이라는 듯
지키지 못할 약속 같은
낙인 한 점 찍으며
삭히고 삭히다 멍든 날들의 궤적
누구에게도 들키지 않을
제 꽃잎 홀로이 피워
줄기찬 가지마다
슬어진 꽃망울 만발하도록
가만히 몸을 풀어보는 것이다

— 「아름다운 폐허」 전문

"한낮의 적막"과 같은 고요는 거저 얻어지는 경지가 아니다. 속절없이 "세상을 건디는" 인내를 "혼자만의 몫"으로 받아들이고, "삭히고 삭히다 멍든 날들의 궤적"을 홀로 껴안을 수 있는 정신의 숙성 과정을 통과하여야 한다. 생존의 흐름에 내몰린 자의 거친 호흡을 천천히 고르고, 삶에 잠재한 비루와 누추를 무심히 다독일 수 있어야 한다. 약속도 기대도 놓아버린 이른바 방심放心의 상태로 내려와야 한다. "흙벽 허물어"지듯이 스스로 삭아내려 온갖 동요와 활동이 휴지休止에 이를 때 비로소 고요의 한낮에 "몸을 풀어"볼 수 있는 것이다. 그렇게 함으로써 시인은 심리적 평정의 지대, 잡념이나 욕심으로부터 벗어나 심신이 평화로운 상태에 놓일 수 있는 것이다. 이를 위해 시인이 얼마나 고요의 세계에 집중하는지는 그가 얼마나 빈번하게 이 시어를 활용하는지로 판단이 가능하다. 대충만 보아도 다음과 같은 문장들이 눈에 띈다.

① 고요할수록 / 깊어지는 것들이 있다(「버찌가 익을 무렵」 부분)

② 고요한 물 속 저 홀로 핀 산수국(「그래도 다시 핀 꽃」 부분)

③ 그 침묵의 자리로 꽃처럼 피어나 / 온기를 피워내는 일(「별, 허공에 길을 내다」 부분)

④ 책갈피 속의 네잎클로버 / 그 물빛 고요에 하나 되어(「책갈피 속의 네잎클로버」 부분)

⑤ 삶이 비로소 / 고요해지는 그 아득함이라니(「허수
아비」 부분)

⑥ 너무 촘촘하지 않게 / 조금은 헐겁게 / 삶이 내어
준 자리 / 고요히 앉아(「뜨개질」 부분)

　　고요에 대한 이러한 경사는 시인의 심리적 지향을 나타내
는 특징적인 표지이다. 그리고 이 표지 안에는 식물성 소재
상상력이 긴밀히 개입되어 있다. 인용된 ①~④의 구절에서
는 말할 것도 없고, ⑤의 본문에서는 "오동꽃이 출렁이고"
⑥의 본문에서도 "푸른 잎사귀 더욱 생생한 / 무늬를 틔우
고" 있다. 이는 인용 작품에서뿐만 아니라 김다연 시의 전편
에 새겨진 일반적인 기조이기도 하다. 이 시집의 목차를 한
번 열어보시라. 얼마나 많은 꽃들과 풀, 나무들이 풍경을 이
루고 있는가. 사실 시각의 대상이 되는 풍경 자체가 대부분
자연이나 식물로 구성되어 있다. 김다연의 시집에서는 그것
이 하나의 주된 경향을 이루고 있다는 데 미학적 특징이 있
는 것이다. 식물성 소재들은 시인이 애써 추구하는 고요의
시각적 청각적 색조를 형상화하는 데 기여하고 있다. 멈추
어 있다는 것, 스스로는 소리를 만들지 않는다는 것, 가만히
앉아 그것들을 오래 들여다 볼 수 있도록 조건지어졌다는
것은 김다연 시의 특성을 강화하기에 충분하다. 식물성 소
재들은 시인이 추구하는 바 고요와 평정의 심리적 지향을
돕는 기능적 소도구의 역할을 충실히 이행하고 있다.

　　'고요'와 함께 또 하나의 심리적 지향이 담긴 어사語辭 '깊

이(깊어짐)' 라는 말도 눈여겨보아야 한다. "고요할수록 / 깊어지는 것들이 있다"(「버찌가 익을 무렵」)는 문장이 보여주는 것처럼 김다연의 시에서 고요와 깊이는 동일한 정신적 호흡을 품고 있는 시어라 할 수 있다. "골짜기 깊으니 / 물이 깊고 / 물이 깊으니 / 마음마저 깊어라"(「구룡폭포」)에서도 확인하듯이 깊은 골짜기의 고요와 마음의 깊이는 동일 계열체를 이루며 정신적 성숙의 경지에 대한 시인의 갈망을 드러내고 있는 것이다. 이는 시인이 희로애락과 애증의 표출에서 한 발짝 물러나 이제는 풍경을 관조하고 내면을 바라보아야 할 때임을 알아가고 있다는 뜻이기도 하다. 그래서 시인은 다음과 같은 깨달음을 표현한다.

가파르게 달려온 생의 한 굽이를
돌아
팽팽한 것이 다는 아니라고
비우고 비워서 바삭해진 몸으로
그 너른 품의 그늘을 드리울 것이다

더 오래 깊어지기 위하여
속절없이
얼룩지고 얼룩졌던 날들의
단호함으로
한 시절 친숙했던 생명줄을 내어줄 것이다

— 「시래기」 부분

생의 굽이를 가파르게 돌며 살아보니 "팽팽한 것이 다는 아니"더라는 뒤늦은 깨달음이 온다. 그러나 그 깨달음은 생의 굴곡을 거쳐본 사람만이 얻어낼 수 있는 가치이기에 시인은 "한 시절 친숙했던 생명줄"마저도 단호히 내놓을 수 있다고 생각한다. 무엇보다 절대적 생명이라 여겼던 외적 가치에 대한 집착을 "비우고 비워서 바삭해진 몸"이 아니면 더 오래 깊어질 수 없다고 믿기 때문일 것이다. 그리고 이런 믿음이 '민들레'와 같은 삶을 살기를 소망하게 만든다.

민들레처럼 살고 싶었다

돌 틈 사이
가장 낮은 곳에서도
찬란함을 잃지 않고 빛나는 꽃을
피우고 싶었다

보여지는 것만이
세상의 전부라 여겼던 날의 오만을
한 줌 홀씨로 날려버리고

스스로 깊어져
봄 햇살을 탐하는
그 줄기의 단단함을 닮고 싶었다

그렇게 그렇게
쑥이며 냉이 달래들과 어울려
흐드러지고 싶었다

그러나
봄빛 시린 오늘
한 송이의 꽃도 피우지 못했다

민들레꽃
그 한 잎의 궁극에
깃들지 못했다

— 「민들레」 전문

　낮아지고, 깊어지고, 비워내고, 단단해지는 것은 완성에
가까운 인격체만이 가 닿을 수 있는 경지일 것이다. 누구나
그렇듯이 시인도 그 경지에 이르고 싶다. "보여지는 것만이
/ 세상의 전부라 여겼던" 착각과 오만을 털어내고 내면을 들
여다보고 싶다. 시인은 다시 「민들레」를 통하여 그 절실한
소망을 드러내고 있다. 5연에 이르기까지 그 소망의 강렬함
을 '싶었다'라는 과거형 어미에 담아내고 있다. 그러나, '그
러나'로 분절되는 6, 7연에 오면 번번이 부딪치는 현실의 벽
이 만만치 않음을 새삼 깨닫게 된다. 그래서 아직은 "한 송
이의 꽃도 피우지 못했"고, "그 한 잎의 궁극에 깃들지 못했
다"는 것을 고백하지 않을 수 없다. 나아가 "얼마나 더 오래

견디어야 / 길 끝에 닿을까"(「벚꽃 진 자리에 달빛 머물 때」)
계속해서 묻지 않을 수 없다. "제 몸의 일부를 내어주고서야
/ 아픔의 자리를 온전히 치유할 수 있는 것이 / 살아감의 이
치라면 / 또 무엇을 더 버려야 할까"(「사랑니를 뽑다」) 묻고
또 묻는다.

　평정에 이르는 길은 눈에 보일 듯 말 듯, 손에 잡힐 듯 말
듯, 가깝고도 멀다. 지금까지 시인은 식물성 소재의 필터를
통해 깊고 고요해지고자 침잠했다. 시집의 편제를 사계四季
에 맞출 정도로 자연에 순응하는 시적 무의식을 보여주기도
했다. 그럼에도 여전히 시인은 평정에 이르기 위해 들뜸의
시간을 더 보내야 할지 모른다. 좌절과 착각의 시간을 더 견
뎌야 할지 모른다. 이번 시집을 통해 시인은 가깝지만 아직
도 멀게 느껴지는, 사실은 멀지만 가깝게 느껴지는 평정에
이르는 길을 발견한 것으로 만족해야 한다. 고요히 머물고
있는 풍경을 관조하며 내면의 평화로 나아가야 할 이유를
확인하는 것으로 첫 시집의 시간을 음미해야 한다. 풍경을
관조하는 시간이 길어질수록 평정에 이르는 시간은 짧아질
것이다.